editora elefante

elefante
EDITORA

conselho editorial
BIANCA OLIVEIRA
JOÃO PERES
LEONARDO AMARAL
TADEU BREDA

edição
TADEU BREDA

projeto gráfico
ANA LOBO

direção de arte
BIANCA OLIVEIRA

assistência de arte
DENISE MATSUMOTO

DANIEL MELLO

GARGALHANDO VITÓRIA

poemas da cracolândia

Um alô pra família
de Brasília e também
pra essa da Luz.
Beijo pra Lay.
E abraço pra quem
correu junto.

Honrarás la esquizofrenia
y escucharás otras voces;
déjalas hablar en tus páginas.

– Pedro Ángel Palou,
Manifiesto del crack

PASSEI janeiro de 2017 todo na Cracolândia. E, de alguma maneira, isso me levou a sentar em uma cadeira de igreja no dia 30 desse mesmo mês. Olhos no altar, depois de muito tempo de costas para qualquer religião. O fluxo cruza trilhos e asfalto em três pontas no coração.

TODA VEZ que entro no fluxo, torço para que Tayne esteja ali, no começo da rua, e grite por mim. Esse abraço é algo que só ela pode me dar. Gosto de acreditar que ela sente o mesmo. Tayne está grávida de não sei quantos meses. Não sei se dará tempo de o bebê chegar antes das bombas e dos tratores. Todos os dias os jornais têm mais um detalhe de como vai ser tudo isso. Me sinto derrotado por antecipação. Só esqueço a derrota quando abraço Tayne e adentro o fluxo com os caminhos abertos.

09

NOS PRIMEIROS PASSOS, acreditei que eu
era o próprio poeta, guiado por Virgílio pelos círculos de
tormento do submundo. A mente nublada pelas ilusões
mefíticas que emergem do plasma
em alta definição. Não demorei para relembrar que
o inferno, se existe, é governado pelo Moloch
de farda, siamês do Belzebu de Armani.

Ali, talvez, eu tivesse encontrado os imortais de Borges.
Alienados do próprio corpo, imersos nas grandes
meditações do mundo. Nada disso explicava, porém,
o funk percorrendo as calçadas em uma caixa de som
desgovernada cintilando em neon rosa. A transmutação
da matéria ordinária em cachimbos únicos para
dois dias, convertidos em cigarros, que voltavam ao
estado original de embriaguez como cachaça.

Os livros podiam explicar a cidade inteira:
os rios enterrados, as avenidas de velocidade mortífera
liberada e os espelhos escondendo torres de dinheiro.
Aquelas quatro ruas, no entanto, não cabiam nas
minhas abstrações literárias.

DUAS FACAS sobre a mesa
Todos os dias acordo de joelhos
Coração de Jesus é o meio da rua
Ousadia visitar assim velhos amigos sem aviso
Me chamam por apelidos qualquer quaisquer
Aquele nome de infância aqui ninguém pronuncia
Vida que deixei à distância de avião sem conexão
Para reencontrar na noite esses desconhecidos
Ser recebido com carne assada no asfalto
Tão poucas fotos de recordação
Era assim na época de nossos pais
Imagens em cores antigas
Perdidas em caixas de sapato, cupins
e enchentes

11

OS TIJOLOS de cimento foram um mistério para mim por muito tempo. Matéria-prima para suprir qualquer necessidade, apareciam do nada para construir churrasqueiras, fogões e suportes de todo tipo. Viesse a Choque ou a Guarda, voavam contra os escudos e capacetes. Até que um dia ela me mostrou que a Praça do Cachimbo, onde não se fumava mais como antigamente, estava desaparecendo. A cada paralelepípedo que sumia, avançava o pântano de urina. Buscamos quantos pudemos carregar. Naquela noite teve pipoca em panela de pressão, com fogo de madeirite e papelão.

O MEU HERÓI morreu na abstinência
Rebeldia é abandonar os dentes pra num
mastigar salsicha
Uma coragem que não cabia entre
paredes desinfetadas
A sua alma nasceu pra vagar entre as
encruzilhadas, trilhos e praças
Mal pude acreditar naquela voz televisionada
Era quase fantasma, sempre foi assombro
em cada palavra
Sozinho, ainda busco sentidos ocultos
em seus discursos
Nunca acreditei que fossem apenas conversas
de noite rouca, amarelada
Hoje, sabemos das profecias concretizadas
Por isso, decidimos erguer um monumento,
no mais profundo desrespeito à sua antiexistência
Sentaremos com outros loucos, quando
esse tempo miserável tiver passado
Isqueiros acesos, goles pequenos.
Abrigados do sol das eternas manhãs
de domingo e das madrugadas úmidas
Haverá paz até mesmo no vício, e liberdade
no centro da cidade

À MEDIDA QUE o fogo avançava, viravam fumaça as ideias enraizadas. Pensamentos antigos que haviam desabrochado em flores, agora secas, que formavam uma torre corcunda de cinzas pendendo naqueles dedos amarelados pelo tempo e pelo calor — este, por vezes, inexistente na metrópole pós-gótica subtropical.

PLANTAMOS MENINOS com sementes de banana
Mugunzá verde servido em contêineres de aço
Adubado com paçoca de cair os dentes
Arame de cerca feito berimbau
A velha infância balança debaixo daquela árvore
Sabedoria apergaminhada na pele
Quase tudo que esse louco fala é mais do que verdade
O resto são profecias roucas sem sentido imediato
Conversa para acompanhar as cambalhotas
no fim da tarde

17

NÓS TRÊS ALI, tomando café e comendo chocolate, não poderíamos ser mais aberrantes. Mais artificiais do que escadas rolantes espelhadas. Enquanto a classe média pequeno e grande burguesa caminhava ignorante entre vitrines. Poderíamos ser gringos exóticos recém-desembarcados da Nova Zelândia. Eu falava de planos provavelmente impossíveis para um filme experimental, interrompido a todo momento por considerações irrefletidas do Cabelo. Desnorteado, ele alisava o coque para ter certeza da conexão com o mundo material. Roberta exigiu — dura e maternal — que ele me deixasse falar. Ainda que a conversa fosse um complemento ao delírio daquela mesa hiperiluminada. Os bombons recheados, os favoritos dela, não mudavam a nossa situação. Seríamos normais tomando vinho químico e fumando maconha, vigiados por aquele maluco com espada cavalgando por cima dos crânios de cinquenta povos pré-invasão. Ordem é barbárie. Ou esquentando cerveja em copos de plástico enquanto caminhamos pelas artérias urinárias da cidade até depois de o céu se abrir em lilás. Fomos levados, em vez disso, à incoerência de sentar à mesa como se fôssemos amigos de infância felizes atrás dos muros coroados com espinhos de aço do Morumbi.

UM TAPETE VERMELHO com as flores
de Higienópolis forra o piso do sultanato
Correm por essa montanha os fluidos
corpóreos infectados por paraísos
dolorosos de perdição
Pernas sifilíticas discretamente
cobertas por pelos loiros
Como as cinzas umedecidas em saliva,
as abelhas-rainhas farfalhavam em
trabalhos minuciosos
Brasas sustentadas por dedos lilases
Pulsa o miocárdio entupido pelo queijo
derramado sobre o arroz
Um maço de Eight ruminado por
treze anos e sete meses
Caneta sputnik, hashi de canudo
não tochado
Também havia paz, chupar manga,
Raul Seixas e funk pulando na espinha

POUCAS COISAS SE MOVEM tão rápido quanto uma carroça com duzentos quilos de lixo. Andamos pela contramão e cortamos semáforos impulsionados pelo peso nas costas. A prefeitura continuou imóvel. Passamos por ela, gargalhando vitória.

UMA BACANTE ENFEITADA com as ervas
ancestrais carrega o cachimbo prateado
Cometa, rasga a multidão como uma lata
de aço inoxidável na imensidão do mar
Ao lado do estandarte dos punhos
cerrados, é o símbolo das vitórias do futuro
Resistência de muitas mãos, feridas
e sujas pelo amor das calçadas

NO DIA EM QUE ALICE apontou a câmera para o guarda,
eu tive medo. Antevi a arma, o ódio. Mas não houve nada.

21

1996, A PRIMEIRA PAULADA no crack
Foi Jesus quem me deu
Tinha um Gol 1.8, dirigia muito louco
Hoje é velhinho, cabelo branco
Naquele dia o treme-treme tremeu
Minha vó dizia: “Neto, você não precisa
andar pelo mundo”
A minha estrada, eu ainda não vi o fim
Quando estive lá, falei dos outros filhos
Cachorros de apartamento dormindo
em cama de casal
Eu lá preciso de casa?
Badarós dorme em qualquer calçada.

CICATRIZ INTERNA de chumbo
duro ao toque
Pescoço eternamente inchado,
blindado por contas vermelhas
Mãos pesadas para conduzir o ritmo
do batimento sagrado do fluxo
Exu de tridente saltitando no peito
É o filho que garante a travessia pelas três
encruzilhadas de vidas aglomeradas
Duas palavras em iorubá, um soldado
caído e três moças em casa

GOE

25

SINTO O FLUXO como um pedaço do passado. Em alucinação, vejo Neorny sentado, encostado em uma parede. Olhos aguados, os mesmos que me encararam sem firmeza pela janela do carro estacionado. Uma metáfora para uma vida: uma tarde no banco do passageiro esperando a mãe no salão de beleza em frente. Não consegue ou se tornou alguém inconveniente demais para ir lá, sentar em uma cadeira de pseudocouro e conversar amenidades. Também não pode dar partida sem a chave que, obviamente, não está no contato. Não tem força para encontrar um caminho pelas próprias pernas. Está lá, esperando. Me sorri, na lembrança e no delírio. Pelo buraco onde falta

o canino direito, transborda uma escuridão imaterial
acumulada em três anos e nove meses de Papuda.
Não temos assunto, é só um encontro. Puxo o celular —
não teria coragem — e mostro uma das poucas
fotos que restaram da nossa adolescência.
Um discurso para a liberdade: sentados em um campo,
sem paredes em centenas de metros. Corações jovens
que não transparecem uma gota de preocupação.
Um maço de cigarro jogado no canto, cenográfico.
Nunca o encontrei lá. Nem ele, nem outro. Mas nunca
me senti tão próximo dele e dos outros.

MORRERAM DUAS PESSOAS no fluxo ontem. Nenhum corpo chegou ao IML. Ando pelas ruas, com o asfalto coberto por cartuchos perdidos em meio a restos de dias úteis. Piso sem perceber no sangue dos feridos. As famílias não vêm reclamar os desaparecidos. Mesmo assim, a história é repetida como se tivesse sido vivida por muitos. O homem caído no chão, cercado por fardados armados, nunca mais foi visto. Não se sabe quem era ou de onde veio, perdido. Poderia ser um outro qualquer desses que ainda dormem pelas calçadas. Aqui, é possível morrer completamente, como sonhou Manuel. Um sentimento que compõe todos os pesadelos que começam ao som de bombas e tiros.

NA PRAÇA, o fluxo se refez sob a vigilância do carniceiro montado. Com barracos espaçados, amarrados às árvores. Perdia, porém, a possibilidade de infinito. A vertigem dos corredores formados pelas malocas, onde não se conseguia ver poucos metros à frente. A sensação de que poderíamos vagar eternamente. O que, talvez, justificasse as perambulações de todos aqueles que pareciam continuamente perdidos. Ou uma reflexão pós-kafkiana de que era possível que se passasse uma existência feliz antes de chegar a algum lugar. Uma metáfora. Quando se andava por ali, não se percorria um espaço, mas as vidas embaralhadas pelo caminho. Ainda porque tenho a crença de que para algumas daquelas existências toda a felicidade não era maior do que dois biricos de crack. Um tempo de prazer que não se pode medir por um calendário de bar ou relógio de estação.

NADA FAZIA SENTIDO até um cadáver de quatro dias aparecer no telejornal. Na Cracolândia, tudo pode ser mentira e qualquer absurdo pode mostrar que a realidade cospe os pulmões quando tosse. Melhor engasgar do que dizer duas palavras erradas. Me contaram, e, mesmo que eu tivesse acreditado, não havia nada a ser feito.

O ATIRADOR DE ELITE mira
precisamente o caos que precede
o nada
Gritos de noite amanhecida
respingam nos escudos
O rei momo, herói do Ipiranga,
chora as lágrimas de 27 carnavais
Esperneia contra a marcha
condutora desse massacre
Enterro indigente que mistura
corpos a geladeiras enferrujadas
O sol não nasce nunca
Nega-se a cumprimentar a mão
exterminadora da assepsia urbana

A NOVA CANUDOS foi construída com pedra em combustão constante. A matéria feita fumaça sangrava feridas a bala, enquanto permanecia desafiante, nunca intacta.
As expedições assassinas se tornaram uma rotina de duas vezes por dia. Soldados para espancar e saquear. O cerco era evidentemente inútil. Não é possível esgotar os que se unem por estarem exaustos, nem matar de fome os que já não mais comem. É questão de tempo para que os exércitos se assumam derrotados pelos desde muito vencidos.

OS OLHOS DO DEMÔNIO brilham em fúria
branca sobre mim,
Velas para essa procissão que me arrasta.

A luz do sol da meia-noite protege meu
rosto com o próprio corpo.
É possível rir desses socos de punhos
imundos de fuligem e sarjeta?

Defendo minha garganta como se
dependesse do meu telefone para respirar.
Turbilhão de urgências e adrenalina
destroça o medo em cacos.

Aquelas lâminas mal afiadas, longas como
meu braço, se aproximam.
Quase posso sentir o metal a qualquer
momento através dos intestinos.
Tripas na calçada.
O gosto de sangue vem primeiro à boca.

Não cuspo, inspiro.

Esse baseado no bolso é o único
argumento que parecesse soar
a meu favor:
Nenhuma prova é definitiva para
as autoridades de pedaço de rua.

Pouco interessa a batalha de fumaça
química, disparos e fogo de lona,
Como se todos aqueles escudos e
escopetas fossem apenas televisão.
Nada disso poderia ser um filme,
Sonhos de afogamento acontecem
sem roteiro.

Em duzentos metros de fuga, ainda
vejo desavisados caminharem sob os
trapos do céu.
O gosto de sangue vem primeiro à boca.

TODAS ESSAS RUAS, onde se vende plástico chinês e tecido manufaturado no Egito, eram o porto. Subindo a ladeira, era porto. Descendo, era cais e rio. No meio da multidão, pelas calçadas onde foi correnteza, tem essa moça vendendo água. Ela mora perto, em frente a onde era a rodoviária. Janela virada para esses prédios novos, exatamente onde ficava o terminal. Por aqui, mesmo sem diesel, os fluxos continuam vindo. Os trilhos seguem em movimento. Sempre gente nova chegando e conhecidos partindo. Essa é a alma que eles querem matar. Afogar tudo em sangue, intoxicar as ruas de gás. O futuro, uma distorção de Dubai, refletido duas mil vezes nessas janelas de escritório. Um novo porto, seguro como um túmulo.

NA 25 DE MARÇO EXISTE um túnel. Através dele, imitações de marcas caras vêm do outro lado do mundo em versões mais economicamente palatáveis. Conseguem evitar os inúmeros controles de alfândegas e viaturas ostensivas para se exibir nas barracas improvisadas e nos mostruários de galeria. Caminho parecido com o da fartura de pedras da Cracolândia. A cocaína própria para ser fumada ultrapassa despercebida, como a brisa, barreiras de câmeras, investigações de duas polícias e a vigilância da guarda municipal para queimar ao som dos isqueiros translúcidos.

AO VIRAR A ESQUINA, o tempo faz uma curva imperfeita, passa a fluir nas pulsações do êxtase. Os graves sacudindo o peito. Tragos atingindo a mente. A consciência alterada de quem chegava de fora, experimentando a sensação de perigo iminente. Adrenalina também é sexo. Para alguns, as horas mudavam de duração. Em outras perspectivas, os dias se tornavam apenas períodos de sol, intercalados por vigílias sob a penumbra amarelada do vapor de sódio. O calendário se dissolve em um pesadelo sonâmbulo.

QUANDO CHEGUEI, não sabia dar um nó de caçamba. Alguém com mais tempo de estrada fez por mim. Não tinha fome, mas mesmo assim acenderam o fogo e me deram carne no espeto. Neguei muitas vezes dinheiro, numas poucas abri a mão. Não fez diferença para que me oferecessem bebida, arte e maconha. Desconhecia o nome de objetos básicos e cotidianos, expressões das mais simples e costumeiras. Isso não impediu que conversassem comigo para contar passagens duras e doces. Nos momentos de perigo, houve quem me defendesse, ainda que eu não fosse dali. Ainda que eu pudesse ser o perigo. Perdi também, verdade. Sumiram amigos, guarda-chuva e uma lembrancinha de namorada. Espinhos da caminhada. De início, só não pensava que dava pra andar tanto caminho sem sair do lugar.

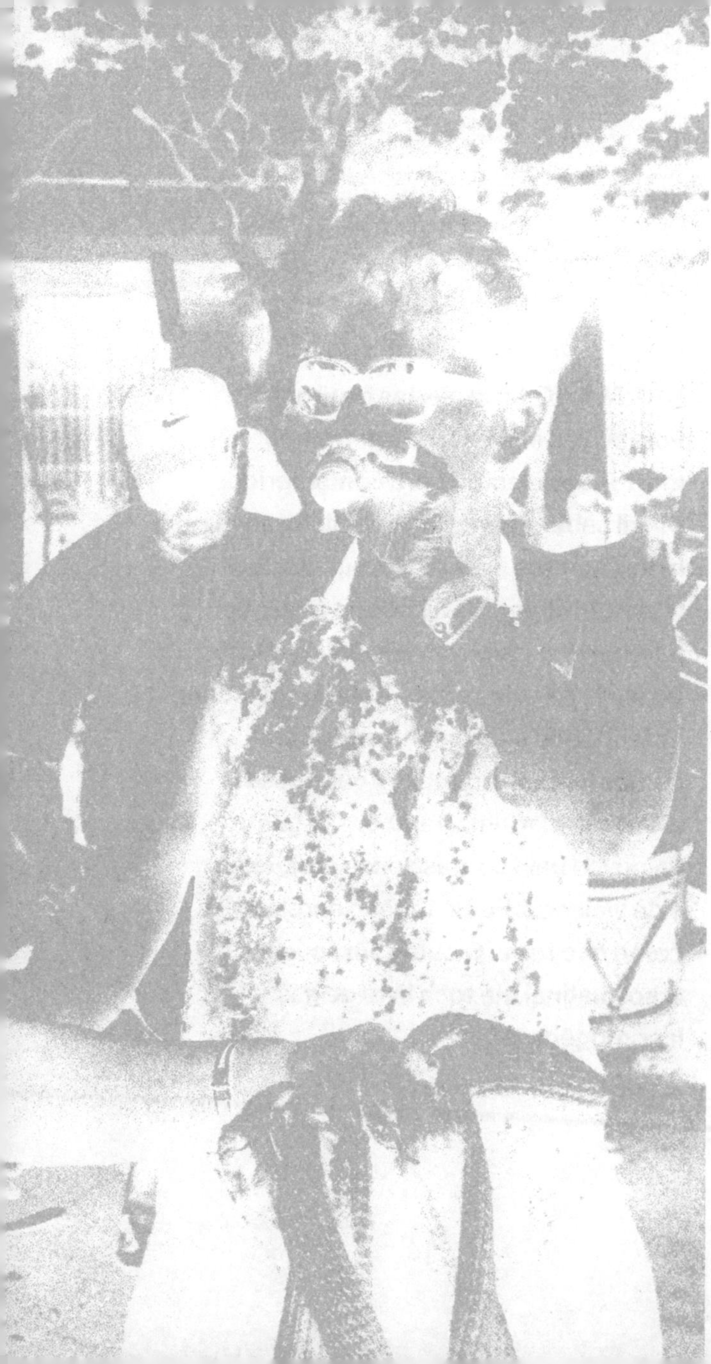

HÁ UM ANO fazia alertas de urgência. Foram dias iminentes. Enterramos mortos sem tempo para contar feridos. Difícil saber quem ainda caminha ao meu lado. Quantos desviaram, quantos nos reencontraram. Os avisos do passado parecem ter sido escritos ontem. No fluxo, os relógios giram, sobem e descem. Calendários se movem para serem compreendidos depois. Aqui, nessa distância marítima, também se fala de novos bairros, das zonas perigosas e de viciados. Fumo tabaco enrolado, como não fazia. O café sem açúcar. O sol matinal me toca livre de gás lacrimogêneo.

NÃO RESPONDO MAIS às mensagens desses dias que se foram.
Deixo as perguntas se desfazerem em esquecimento caduco.
Só o tempo permanece petrificado, queimando em espasmos.

A MORTE USAVA UMA SAIA vermelha
translúcida. Coroa dourada calibre 12.
Cuspia vespas esféricas de metal.
Podia ser só uma ferroada no rosto,
hematoma no ombro. Naquele dia,
o coração de Lucas parou antes dos
bombeiros chegarem. Nossos corpos
sofreram menos. Quis rir do perigo frio.
Laura não deixou.

Encontrei de tudo na Cracolândia nesses últimos meses em que frequentei intensamente o fluxo da Luz, na região central de São Paulo. Conheci viajantes, ex-caminhoneiros e estrangeiros. Escutei samba surgido de galão de água, lata de tinta e palma seca. Estive com mães fortes, pais desaparecidos e órfãos de família inteira. Ganhei uma pintura de presente e ouvi histórias de rir, de chorar e de pensar. Só não encontrei o crack. Vi muita gente fumando pedra em cachimbo, mas a droga demoníaca que transforma pessoas em seres sem alma, posso assegurar que não existe.

A crença, que mistura mistificação e desonestidade intelectual, de que existem pessoas possuídas vagando pelas ruas, e capazes de cometer qualquer barbaridade, é o maior obstáculo na luta pela dignidade dessa população em situação de vulnerabilidade. Uma disputa que A Craco Resiste tem feito ao lado dos próprios envolvidos e outros grupos desde o início de 2017. A mobilização foi uma reação ao discurso agressivo do então prefeito eleito João Doria, que se materializou em bombas e balas de borracha.

Desde janeiro, vimos a violência da Polícia Militar e da Guarda Civil Metropolitana contra os frequentadores e moradores do fluxo se intensificar. As agressões sempre existiram. Há anos os braços armados da prefeitura e do governo estadual são responsáveis por bater e humilhar aquelas pessoas. Mas, a partir do momento em que isso foi declarado como um projeto da gestão municipal, os episódios extremos aumentaram. Tudo virou motivo para pancadaria generalizada. O roubo de um celular, a apreensão de uma cadeira, tudo acabava em gás lacrimogêneo, cacetadas e tiros, de munição menos letal ou não,

A operação de guerra do dia 21 de maio de 2017, que envolveu atiradores de elite e centenas de agentes da Polícia Civil, foi apenas o desfecho de um projeto que acontecia. O terreno da opinião pública havia sido previamente preparado. Primeiro, foram para a televisão as imagens de um homem que assaltava próximo à Cracolândia. Como se ali fosse o único lugar em que houvesse roubos no semáforo. Em seguida, surgiram as gravações feitas pela própria polícia da feira de drogas, como se não se soubesse que existe tráfico por ali há algumas décadas. A narrativa foi fechada com os flagrantes das armas no fluxo, fartamente explorados pelos jornais.

Nos seis meses em que frequentei o fluxo, na vigília organizada pelo coletivo, nunca vi uma arma de fogo. Não que elas não existissem. Não eram, no entanto, uma presença visível no território. Muito mais frequente eram as caixas de som portáteis, brilhando em neon, que passavam tocando funk no último volume. O gosto musical do fluxo era eclético. Lembro bem do meu espanto e admiração quando o clarinete do Chaiss abriu o jazz no Largo Coração de Jesus. Depois de meia hora de apresentação, alguns juravam que o som era melhor do que os entorpecentes vendidos na esquina.

Gostaram da banda, assim como curtiram a oficina de tambores, as rodas de samba, a capoeira e o *Velozes e furiosos 8*. Era fácil perceber que estavam de braços abertos para toda a oportunidade de contato com algo além do oferecido por aqueles quatro quarteirões. A prática comprovando os experimentos do neurocientista Carl Hart, de que não é o crack que produz as cracolândias. Os aglomerados de usuários de drogas são um sintoma da incapacidade da nossa sociedade de acolher todas as pessoas. Isso fica ainda mais claro quando encontramos vários que nem fumam pedra: apenas bebem ou têm diagnósticos de transtornos mentais. São ainda mais frequentes – maioria, melhor dizendo – os ex-presidiários. Pessoas que muitas vezes chegaram ao crime pela quase absoluta falta de horizontes, mas que, após uma temporada na masmorra, querem a máxima distância de tudo que signifique risco de uma outra temporada atrás das grades.

Assim, vai crescendo o espaço dos completamente excluídos, desdentados e malvestidos. Se o problema fosse o mal cheiro, teriam sido providenciados banheiros. Fosse o incômodo dos pedintes e pequenos furtos, a política de trabalho flexível e autonomia de renda teria ganhado a proporção necessária, em vez de ter enfrentado uma fortíssima resistência. Por isso, falo de crença. Uma boa parcela da sociedade quer acreditar que aquilo é um pedaço do inferno para onde as almas foram arrastadas pelo pecado da droga maldita.

Um discurso que serve muito bem ao projeto de cidade vendida. As ruas fechadas, onde os sem-perspectiva se sentam para não fazer nada, são o oposto da beleza defendida entre os dentes brilhantes de políticos fantasiados de gestor. A proposta está rascunhada logo à frente, nas calçadas observadas de perto pelas câmeras de vigilância da Porto Seguro. A megaempresa tem se apropriado do bairro para além dos diversos imóveis que possui na região. Parte do Bom Retiro é patrulhada pela equipe de segurança, devidamente identificada, que age abertamente contra a pequena criminalidade na área.

Quando passamos pelo suntuoso centro cultural construído pela companhia, a duas quadras de onde estava o fluxo antes da operação policial, começamos a entender por que a pressa em demolir os casarões da Alameda Dino Bueno. Nem se importaram de conferir se ainda havia pessoas dentro, porque o projeto, entredito, é mesmo tirar tudo que existe por ali para dar espaço a essa nova forma de urbanidade. Um novo bairro, onde as calçadas e o asfalto são extensões das grandes empresas dispostas a investir na área. Uma cidade exclusiva para proprietários e consumidores.

Para caminhar por essas novas ruas será preciso ter aval de um megaempregador ou cartão de crédito que credencie como comprador. Circular sem rumo definido ou parar sem razão aparente pode atrair a suspeita das onipresentes câmeras que tudo filmam, mas que não admitem ser registradas. Um amigo uma vez tentou, e quase teve o equipamento fotográfico quebrado pelos agentes de segurança da Porto Seguro.

A Cracolândia é, então, simbólica e concretamente uma anticidade linda. Um lugar onde os que nunca conseguirão emprego, semivestidos e não bancarizados passam tardes e noites esquecendo como foram rejeitados. Apesar de que ali também existe trabalho: os carroceiros, os vendedores de cigarro, os fazedores de cachimbo e os profissionais ocasionais. Histórias que muita gente prefere que não sejam contadas.

Para poder varrer aquela população, é preciso que ela seja encarada como uma grande nulidade, incapaz de exercer qualquer tipo de razão. Somente sob essa narrativa é possível justificar violências extremas como a internação forçada, uma forma comprovadamente ineficiente de cuidado. Só faz sentido nesse contexto, em que o objetivo principal é fazer sumir os indesejados pelo projeto do público cooptado pelo privado.

O instrumento pode parecer diferente, quando o caminho para as clínicas e comunidades terapêuticas é um convite aparentemente amigável, como o feito pelos carros de som que atualmente circulam pelo centro paulistano. Porém, quais são as oportunidades disponíveis para um ex-presidiário mal escolarizado depois de desintoxicado?

O modelo, que envolve parcerias com organizações sociais, é eficiente para transferir recursos públicos para entes privados. As altas taxas de recaída demonstram, no entanto, que a lógica do combate ao vício faz pouco pelas pessoas. Por isso, as experiências mais bem-sucedidas para encarar esse tipo de situação em outras partes do mundo atentam para pontos como a oferta de moradia e a redução dos danos associados às drogas. É fundamental ainda entender que os envolvidos precisam ser escutados e atendidos, em alguma medida, nas suas necessidades específicas e individuais.

É nessa disputa simbólica que os movimentos sociais reivindicam resistência. A Cracolândia não são os prédios, não são as ruas: é uma população unida como estratégia de defesa das suas vidas constantemente agredidas. É junto com elas que A Craco Resiste, por uma política que tenha como princípios a autonomia e o cuidado em liberdade.

Foto: Maria Alice Vergueiro

DANIEL MELLO nasceu em Brasília, onde se formou em jornalismo no Uniceub. Desde 2009, vive em São Paulo como repórter cobrindo política, economia, sociedade e direitos humanos. Desenvolve pesquisas no campo da fotografia e produz documentários. Tem especialização em Fotografia: práticas poéticas e culturais da fotografia pela Faap. Em 2015, lançou o curta-metragem *USP 7%*, exibido em diversos festivais e em canais de TV por assinatura. Nos últimos dias de 2016, participou da articulação que resultou na criação do coletivo A Craco Resiste, que, desde então, luta contra a violência policial e institucional na Cracolândia do centro da capital paulista.

Primeira edição, julho de 2019
São Paulo, Brasil

Dados Internacionais de Catalogação na Publicação (CIP)
Angélica Ilacqua CRB-8/7057

Mello, Daniel
Gargalhando vitória : poemas da cracolândia / Daniel Mello.
– São Paulo: Elefante, 2019.
64 p.

ISBN 978-85-93115-35-6

1. Literatura brasileira 2. Poesia brasileira
3. Viciados em drogas - São Paulo (SP) - Condições sociais
4. Drogas 5. Exclusão social I. Título

19-1151 CDD B869.1

Índices para catálogo sistemático:
1. Poesia brasileira

Editora Elefante
editoraelefante.com.br
editoraelefante@gmail.com
@editoraelefante
fb.com/editoraelefante

Fontes Neue Haas Grotesk Text

Papéis Cartão 250 g/m² & Offset 90 g/m²

Impressão BMF Gráfica

Tiragem 500 exemplares